인연의 꽃

김희선 시집

시음사
시사랑음악사랑

초현실과 극(劇) 속에서 운문을 찾는 김희선 시인

문학에 대한 열정과 삶, 그리고 희망까지를 엮어가기 위해 꾸준히 노력하는 김희선 시인이다. 문학이 좋아서, 문학을 하기 위해 국문학에 전념하고 세상과 자연의 이치 속에서 소재를 찾아 문학 작품으로 탄생시키려 노력하는 자세가 탁월한데도 늘 겸손하다. 자신만의 질적 향상을 위하기보다는 전체적인 문학의 질을 높이는 데 힘쓰며 동료 문우와 함께하기 위한 길을 만들어 문학이란 밭이랑을 만들고 씨를 뿌려 시문창화(詩文唱和)의 장을 만들어 가는 이 시대의 텃밭 같은 시인이다.

김희선 시인의 작품은 때로 감미롭고, 또는 초현실과 극(劇) 속에서 근원(根源)을 찾아 관조하면서 시흥(詩興)을 만들어 내는 능력을 보여 주고 있다. 사물을 꿰뚫어 보면서 현실에서 도피하지 않고 희망을 일구어 가는 시어로 리듬감과 질서 있는 운문의 감동을 전하는 실력파 시인이 이제 세상과 소통하려 한다.

문학을 하는 사람 중에는 하늘과 땅 사이를 가득 채울 만큼 넓고 큰 자아를 가진 사람들이 많다. 그만큼 세상에 할 이야기도 많고 세상에 던지고 싶은 화두가 많은 사람이 문인이다. 그 어떠한 사람이 읽어도 공감할 수 있으면서도 자신을 뒤돌아볼 수 있는 계기를 마련해 주는 작품이 좋은 작품이다. 이렇듯 김희선 시인은 자신의 경험을 공유함으로써 상상력을 촉진해주는 매개체가 문학이고 오아시스며, 그 메커니즘이 '인연의 꽃'이라는 것을 보여 주려 한다.

오랜 기간 습작을 통해 그 실력과 작품성을 보여 주었던 시인이 이제 독자 앞에 시인이 가지고 있는 자산을 펼쳐보려는 순간이 다가왔다. 시인의 통장에 쌓여 있는 자산을 독자는 행복한 마음으로 한 편씩 꺼내어 볼 것이다. 첫 시집 '인연의 꽃'이 독자의 가슴에서도 인연으로 피어나길 바라며 기쁜 마음으로 추천한다.

사단법인 창작문학예술인협의회 이사장 김락호

시인의 말

삶의 길이 어두워지거나 공허할 때마다
맑은 피아노 선율에 기대어
습관처럼 마음의 빗장을 열고
허기진 영혼을 채우곤 하였다

깊숙이 묻어둔 속내를 드러내는 일은
민낯으로 대중 앞에 나서는 배우같이
부단한 용기가 필요했다

산다는 것은
때로는 아슬아슬한 살얼음판도 걸어야 하고
나를 힘들게 했던 인연까지도 품어 내야 한다

나만의 이야기도 우리의 이야기로
피와 땀으로 농축시켜, 오랜 기다림 끝에
한 권의 시집으로 엮어 세상에 내놓게 되었다

나의 소중한 독자들의 마음밭에
향기로운 꽃으로 피어나
늘 함께 호흡하며
바람 부는 날에 마시는 커피 한 잔처럼
따뜻한 위안이 되어 주고 싶은 소망이다

시인 **김희선**

연둣빛 원피스를 입고
넓은 세상 속으로
첫발을 내디디던 날

새하얀 찔레꽃 같은
환한 웃음이
걸어둔 빗장 틈새를 비집고
가슴안으로 안겨들었다

🌱 목차

이 봄날에 8 / 안개꽃 그대 9 / 인연의 꽃 10 / 갈증 11
나는 그랬다 12 / 떠날 때를 안다는 것은 13 / 비명 14 / 단절 15
첫사랑 16 / 빛바랜 기억 17 / 봄비 18 / 꽃이라서 미안합니다 19
이방인 20 / 봄소식 21 / 미련 22 / 내 안의 봄 23
내 살던 그곳은 24 / 비가 내리는 날이면 25 / 이 밤에 26
안부 28 / 희망의 메시지 29 / 봄맞이 30 / 소박한 욕심 31
봄꽃 같은 사람 32 / 어떤 결백 34 / 그녀의 홍시 35
가을 노래 36 / 몸살 38 / 삶의 방정식 39
믿음, 그리고 기적 40 / 7월의 소망 41 / 7월의 비 42 / 소통 43
기억 덩이 44 / 양면성 46 / 능소화 사랑 47

품 안에 오래오래 담고 싶어

더 다가서는 그 마음을 알기에

꽃이라서 미안합니다

나팔꽃 사랑 48 / 2월의 고백 49 / 사랑하는 딸에게 50
커피 같은 사랑 51 / 아름다운 기약 52 / 그리움 53
바람이 꿈을 꾼다 54 / 사랑하는 너에게 56
오늘은 참 이상한 날이다 58 / 낙엽의 길 59 / 하얀 그리움 60
봄꽃으로 피어나다 61 / 초라한 비애 62 / 우리는 알고 있다 63
봄, 너는 64 / 그리움이란 이름 65 / 추억은 66 / 침묵의 계절 67
봄비가 소리 없이 내린다 68 / 오월의 향기 70 / 아직은 아니야 71
우리가 꿈꾸는 계절 72 / 너무 가까이 닿으면 아프다 73
사랑 그리움 자연 74 / 그리움의 비 76 / 말해주고 싶었어 77
비가 내린다 78 / 가을에는 79 / 커피 한 잔에 80
사랑으로 가는 길 81 / 가을 엽서 82 / 여름 83 / 겨울 창가에 84
추억의 길 85 / 세상에서 가장 예쁜 꽃 86 / 소중한 선물 87
그런 사람 있어요 88

🌱 목차

상처 90 / 차가운 겨울비는 내리고 91 / 우리 사이에는 92
그런 날이 있었습니다 93 / 모란의 꿈 94 / 아름다운 저항 95
봄비가 내린다 96 / 지난여름 97 / 가을비 98 / 가을 속내 99
들꽃의 기다림 100 / 있는 그대로 101 / 어떤 모정 102
가을이 지고 있다 103 / 나목 104 / 다시, 희망 105
동백꽃 사랑 106 / 겨울비가 내린다 107 / 고향에는 108
변명 109 / 눈물 110 / 라일락꽃 111 / 아름다운 동행 112
치명적 실수 113 / 마음 114 / 애상(哀傷) 115
어느 봄날의 행복 116 / 취하고 싶은 날이 있다 117
삶은 흐른다 118 / 진달래꽃 연정 119 / 생일 120
치자꽃 향기 서러운 날 121 / 들꽃의 기다림 122 / 봄의 시작 123
자리 124 / 추억은 126 / 동백섬 연가 127

행복은

우리 마음 안에 있고

따뜻한 커피 한 잔에도 담겨 있다

너는 아메리카노

나는 카페라테

쓴맛과 달콤함의 어우러짐

그 마력에 빠져드는 순간

스르르 녹아 중독되고 만다

우리 사랑도 그러하다

 본문
시낭송
감상하기

QR 코드 스마트폰으로 QR 코드를 스캔하면 시낭송을 감상할 수 있습니다.

제목 : 인연의 꽃
시낭송 : 박태임

제목 : 갈증
시낭송 : 박영애

제목 : 비명
시낭송 : 박영애

제목 : 봄꽃 같은 사람
시낭송 : 조서연

제목 : 7월의 소망
시낭송 : 박순애

제목 : 2월의 고백
시낭송 : 박순애

제목 : 오월의 향기
시낭송 : 박순애

제목 : 우리가 꿈꾸는 계절
시낭송 : 박태임

제목 : 커피 한 잔에
시낭송 : 조서연

제목 : 가을비
시낭송 : 박영애

제목 : 다시, 희망
시낭송 : 박순애

제목 : 동백꽃 사랑
시낭송 : 김락호

시인은 자연을 이야기하고
시낭송가는 자연을 품었다.
글자는 날개를 달아 언어로 날고
소리는 자연에 눕는다.

이 봄날에

깊숙이 가려진 속살을
온전히 드러내고 나서야
비로소 가벼워지는 삶

황홀했던 기억은 아닐지라도
무심한 세월에 깎여
낡아진 추억일지라도

그대 영혼의 갈피마다
연둣빛 속삭임으로 머무는
소중한 행복이고 싶습니다

이 봄날에

안개꽃 그대

저 멀리 안개꽃 그대

그 아리따움에
곱게 물드는 날이면

나도 화려한 장미꽃인 양
도도한 향기를 뿜어낸다

그대 마음 깊은 곳까지
닿을 수 없어 슬펐지만

수수한 몸짓이 소담스러워
내 품 안에 고이 담았다네

그대가 지기도 전에
내 붉은 이파리가 먼저
마른 낙엽으로 부서지고

바람 몹시 부는 날엔
이미 마셔버린 시간의 강물이
가슴 안에서 출렁인다

내 마음 안에
소담스럽게 다시 피어난

저 멀리 안개꽃 그대

인연의 꽃

연둣빛 원피스를 입고
넓은 세상 속으로
첫발을 내디디던 날

새하얀 찔레꽃 같은
환한 웃음이
걸어둔 빗장 틈새를 비집고
가슴안으로 안겨들었다

끊어내지 못한 꿈은
현실의 벽에 갇혀버리고
초점 잃은 청춘의 꽃은
하염없이 스러져갔다

뜨거운 여름날에도
시린 손발
그대 가슴속에 묻고서야
비로소 단잠을 잘 수 있었다

사시사철 푸른 잎으로
내 곁을 지켜준
그대, 고마워요

제목 : 인연의 꽃
시낭송 : 박태임
스마트폰으로 QR 코드를 스캔하면
시낭송을 감상할 수 있습니다.

갈증

침묵의 긴 터널을 지나
이별했던 순간마저도
그리움으로 다가서는
생의 길목에서

하나의 계절이 퇴색되고
또 하나의 계절이
선명한 빛깔로 다가선다

삭막한 이별이 가져다준
끊임없는 갈증은
낡아져 가는 내 빛깔에
연초록 설렘으로 덧칠을 한다

제목 : 갈증
시낭송 : 박영애
스마트폰으로 QR 코드를 스캔하면
시낭송을 감상할 수 있습니다.

나는 그랬다

좁은 어깨 위에 내려앉은
삶의 무게를 지탱할 수 없어

그날 그 벤치 그 자리에
너를 고스란히 남겨둔 채로
뒤도 돌아보지 않고
앞으로만 달려야 했다

그의 넓은 가슴이
편안한 보금자리일 것이라고
무거운 짐보따리를 풀어놓고
삶의 둥지를 틀었다

내 젊은 날의 초상화는
어느 봄날의 슬픈 꿈이었지만

어깨 넓은 그 사람
내 철없던 아픔까지 끌어안고도
힘들다는 내색 한 번 없었다

되돌아보면
가시밭길도 걸어야 했었지만
내 삶에 있어 지금
행복의 길로 가고 있음이다

떠날 때를 안다는 것은

휘어질 듯 가녀린 가지 위에
고고하게 빛을 발하던
자목련의 우아한 자태

한 잎 한 잎
시들어 가는 위태로운 모습이
오가는 시선 속에
안타까움을 자아낸다

차라리
뭇 행인들의 발아래
초라한 모습이어도
숙명에 순응하는 것이
진정한 자신의 길임을

아니라고
아직은 아니라고
아무리 손사래 쳐봐도
결국,
한 줌 바람으로 흩어지고 말 것을

떠날 때를 안다는 것은
굳은 약속 하나 지켜내는 일이다

비명

고요한 일상에서
벗어나고 싶은 갈망 때문에
시끄러운 세상 속에
나를 던져놓는 우愚를 범했다

믿음이 배반당한 현실에는
하나의 사건이 꼬리를 물고
무성해진 이야기로
세상을 욕심껏 유영했다

선입견으로 완전무장한
쓰디쓴 미소 앞에
불에 덴 아이처럼 놀라
결국, 울음을 터트렸다

두꺼운 갑옷을 벗고
무거운 사명감도 내려놓고
억지웃음도 거두고
어색한 분장도 지우고

상흔으로 얼룩진 마음 밭에
말간 봄 햇살이 깃들기를 소망한다

제목 : 비명
시낭송 : 박영애

스마트폰으로 QR 코드를 스캔하면
시낭송을 감상할 수 있습니다.

단절

굳게 닫힌 성문처럼
바라만 보아도
숨이 턱에 차오른다

두드리기엔
너무 아득해서
그저 기다리고 있었다

석회석처럼 굳어진
감정의 찌꺼기가
명치끝을 꽉 틀어막고 있는
단단한 멍울 같다

이제, 더는
가까워질 수 없는
네 마음의 소리

저 너머로 사라져간
계절의 뒤안길로

붉게 익어 허물어진 낙엽처럼
흔적도 없이 사라질 것이다

첫사랑

아스라이 멀어져간
그대 기억 속에
지금도 내가 있는가요

버리지 못한 미련은
지킬 수 없었던
언약 때문이었다고
굳이 변명하진 않겠어요

진정한 사랑은
믿음의 뿌리에서 피어나는
단 한 송이 꽃이랍니다

빛바랜 기억

새 학기가 시작되고
봄비가 장대비로 내리던 날
우산 속으로 들어 왔다

시골에서 전학을 왔다며
환하게 웃어주던 순박한 모습

달빛이 숨죽이며 지켜준
새끼손가락에 걸었던 언약

다시 새봄이 시작되고
절박한 삶의 기로에서
여지없이 선택된 길
차마, 이별을 말하진 못했다

긴 침묵의 강을 건너
전해온 엽서 한 장
폐부 깊숙이 묻어두었다

새봄의 언저리에서
가물거리던 빛바랜 기억
불현듯 가슴을 파고든다

봄비

동면을 깨우며
대지를 촉촉이 적시는
봄비가 내린다

물빛같이 고운
그대 얼굴이
정수리에서 발끝으로
빗물 되어 흐르고

원을 그리며
방울방울 떨어져
흩어지는 빗방울 같은
내 마음

꽃이라서 미안합니다

품 안에 오래오래 담고 싶어
더 다가서는 그 마음을 알기에
꽃이라서 미안합니다

순수한 사랑으로 품어
속내 깊은 곳에 숨겨 두어도
꽃이라서 영원할 수 없답니다

너무 가까이서 마주 보고 있으면
붉어진 얼굴이 부끄러워
얼른 고개를 돌리고 말지요

한 발치만 떨어져서 바라보면
가을 하늘처럼 선명한 빛깔이
더 사랑스럽답니다

그대 맑은 숨결에 입맞춤할 수 없고
보드랍게 내민 손, 잡을 수 없어
더 미안합니다

계절이 허락한 그만큼만
그대 앞에 피어있겠습니다

꽃이라서 미안합니다

이방인

그대 불안한 눈빛 속에
아직 봄은 멀리 있고

내 영혼의 소리도
메마른 풀잎에 숨어 울었다

안부가 궁금한 사람도
안부를 묻는 사람도
모두가 날 선 칼바람이다

어제 지나온 길도
오늘 가던 길도
이국의 타인처럼 두렵다

봄소식

봄이 왔다는 소식에
몸으로 직접 만져 보고 싶어
산 중턱에 올랐다

앙상한 나뭇가지 위로
햇빛은 여전히 찬란했고

겨우내 푸석해진 낙엽들은
차가운 땅바닥에
메마른 심장을 맞대고
아직
불안에 떨고 있는 눈빛이다

사람들은 무거워진 삶의 각질을
조금이라도 더 떨어내 보려고
저마다 분주한 몸놀림이다

봄을 맞이하는 일은
각자 주어진 고통을 껴안고
스스로 상처에 약을 발라가며
새 살이 돋아나게 하는 것이다

미련

절박한 생의 기로에서
그땐 최선이었던 선택도
되돌아보면,
마음 한구석에
아쉬운 그림자로 남아 있다

내 안의 봄

창백한 얼굴
차마 마주할 수 없어
매 순간 불안했던 속내를
엷은 웃음 뒤로 감추고

기다림의 무거운 시간은
나보다 더 힘겨웠으리라

"많이 좋아졌습니다."

하얀 가운 위에 환한 미소가
하느님처럼 위대해 보이는 순간

깊은 수렁 속에서
화들짝 깨어난 봄이
내 안에서
굳어져 가던 절망을 녹여낸다

내 살던 그곳은

갯바람 불어오는 아랫마을
높이 쌓은 돌담 너머로
늘 푸른 대나무가 하늘을 찌르고
섬돌 아래로 뒷마당 가장자리에
품 넓은 감나무가 서 있다

새 할머니가 마을을 맴돌다
몰래 떠나신 그 날부터
밤마다 부엌에서는 부지깽이가
도깨비 춤을 추었다

해참에 매지구름이 몰려와
여우비가 내린 푸실의 빈집에는
흰 치마저고리에 검은 머리 풀어헤친
각시손 이야기가 떠돌곤 하였다

무더운 여름날 몰개에 떠밀려 간
그 계집아이 가여운 넋은
어느 봄날 이름 없는 바위틈에
애달픈 꽃으로 피어나 있을지도 모른다

섬돌 : 집채의 앞뒤에 오르내릴 수 있게 놓은 돌층계
해참 : 해가 질 때까지의 시간
푸실 : 풀이 우거진 곳
매지구름 : 비를 머금은 검은 조각구름
각시손 : 처녀귀신
몰개 : 파도

비가 내리는 날이면

열 살이 되던 해
할머니를 여의고
텅 빈 집만 덩그러니
남은 세상엔
천둥 번개가 치고
장대비가 무섭게 내렸다

또래들의 손을 놓고
아버지의 손에 이끌려
도시로 전학 오던 날도
봄비가 추적추적 내렸다

그 후로
비가 내리는 날이면
내 안에 나를 깊숙이
가두는 버릇이 생겼다

지금도 가끔,
비가 내리는 날이면
텅 빈 가슴이 되고 만다

이 밤에

이 밤에
울컥
그리운 얼굴들이 있어요

그대들도 지금
내 마음과 같겠지요

봄 햇살처럼 따뜻한 미소가
가슴안에서
뭉글뭉글 솟아나네요

못생긴 모습도
예쁘게 바라봐 주고
못난 마음까지도
곱게 품어 감싸 안아주었지요

각자 다른 빛깔로
서로 조화를 이루어가던
아름다운 모습을 그려봅니다

일곱 송이의 예쁜 꽃
우뚝 솟은 푸른 나무 한 그루

이 밤에
울컥
보고 싶은 얼굴들이 있어요

안부

간밤에 몰래 다녀갔는지
어디쯤까지 와 있는지

지난봄부터
소중하게 가꾸어온 텃밭에
탐스럽게 피어있던 꽃은
지금도 여전히 향기로운지

무심한 겨울바람은
창문 틈새를 비집고 들어와
쓰라린 가슴을 할퀴고
회색빛 거리에는
뿌연 먼지만이 배회하는데

또 얼마나
많은 시간을 숨죽여야만
비로소
마음의 안식을 얻을 수 있을지

희망의 메시지

동장군의 기세에 눌려
잠시, 봄도 잊고 있었다

나태해진 마음에
불씨를 지피는 일은
지나간 추억을 끌어당겨
찬찬히 관조해 보는 것이다

가던 길을 방황하는
자식의 앞날을 걱정하는
모정의 깊은 한숨이
귓가를 후려친다

젊은 날의 가장 중요한 가치는
자신의 꿈을 찾아내어
미래의 행복을
움켜쥐는 일일 것이다

의미 없는 생은 없기에
겨울 혹한 속에서도
굳은 약속의 봄처럼
기회는 반드시 찾아온다고

그녀에게
희망의 메시지를 전해본다

봄맞이

봄을 품은 겨울이
혹독한 진통을 겪고 있다

무언가를 삼키기만 하고
배설하지 못한
이 답답함

피부 표피층에 달라붙어
피와 살을 갉아 먹는
찰거머리 같은 이 몹쓸 기운에
현기증이 난다

그 어떤 것도 대가 없이
저절로 되는 일은 없다

피폐해진 마음 안에 찾아든
온화한 그대 사랑처럼

봄은 또 그렇게
찬란한 희망으로
다시 태어나고 있다

소박한 욕심

도무지 감당할 수 없어
청천벽력 같은 현실 앞에서
털썩 주저앉고 싶은 날에도

오늘처럼 봄비는 몰래 내리더니
장대비로 퍼부었다

익숙함에 안주하다 보면
소중함에 인색해지는 마음

최악의 순간을 떠올리면
극복하지 못할 일도 없겠지

간절함으로 몸서리치는
거부할 수 없는 중독성

지금 내리는 이 비가
메마른 내 감성 자락에도
촉촉함으로 젖어 들기를

봄꽃 같은 사람

불현듯 안부가 궁금하다

혹여, 지나친 배려로
오히려 서운함은 없었는지
부담은 되진 않았는지
스스로 되묻는다

차가운 계절 속을
힘겹게 오르내리면서
나를 다독이던 암울한 시간에도
문득 그리워지는 온화한 얼굴이다

혼자만의 사랑도
가끔은 확인하고 싶어진다

전혀 다르면서도 같은 느낌,
섬세하면서도 부드러운 진솔함에
마음이 이끌린다

텅 빈 계절의 허전함을
넉넉히 채우고도 남음이 있을
화사함이 탐스럽다

봄꽃처럼 해맑은 목소리에
무겁게 드리워진 칙칙한 그림자를
말끔히 걷어낸다

 제목 : 봄꽃 같은 사람
시낭송 : 조서연

스마트폰으로 QR 코드를 스캔하면
시낭송을 감상할 수 있습니다.

어떤 결백

불문에 부칠 일도
흙탕물처럼 사방으로 튀면
소중한 인연의 옷자락에
칙칙한 얼룩으로 남는다

맑은 샘물처럼
투명할 수 없는 마음이라
문제가 와전되면
믿음마저 와르르 무너진다

배려심이 결핍된
결백만을 주장하는 것은
공허한 메아리일 뿐이다

그녀의 홍시

딩동!
그리고
기다림의 설렘

단정한 포장 속에
발그레한 빛깔도
단아한 모습도
그녀의 미소처럼 정겹다

입안에 사르르 녹아드는 속살
달콤한 그 맛
바람 부는 날에 마시는
따뜻한 커피처럼
서서히 중독되어 간다

사랑하는 사람을 따라
자신의 삶을 담담하게 펼쳐가는
그녀의 순수함이 아름답다

한겨울에 따뜻한 군불처럼
몸도 마음도 온화함으로
가득 채워지는 날들이다

가을 노래

건조한 침묵 속
어디선가 날아든
맑은 음표 하나

아! 가을

그 이름만으로도
가슴 설렌 행복

내 삶의 언저리에는
늘 쓸쓸한 빈터 하나
휑하니 남아

갈대의 울음 섞인
갈라진 바람 소리도
애잔한 기다림
들꽃의 여린 숨결도

더는 사랑할 수 없는
계절이어도

멈출 수 없는 노래

추억은 와인처럼
오래 묵을수록
그 향기도 짙어진다

몸살

비를 잔뜩 품은 하늘처럼
생채기의 잔여물로 가득 찬
찌뿌둥한 마음

인연의 연결 고리
그 연장선 위에서
매듭짓지 못한 일

반복되는 실수는
원망의 파편으로 튄다

익숙한 길도 낯설어
서러움이 북받칠 때는
주저앉아 쉬어가야 하고

먹구름 뒤에서
계절의 꿈을 잉태하는
태양의 지혜처럼

말끔히 비워낸 마음 안에
7월의 뜨거운 열정을
온전히 품어내고 싶다

삶의 방정식

사람은 태어나면서부터
우주의 기운을 받고
운명의 도화선에
발을 들여놓게 된다

태양도 어둠에
자리를 내어주고
그 열기를 식히듯
뜨거움과 차가움은
늘 공존해야 한다

네 모습에서
내 모습이 보였을 때
비로소
우리의 참모습을 깨닫는다

때로는 검은 진실보다
하얀 거짓말이
더 양심적이기도 하다

믿음, 그리고 기적

겨울에서 봄
여름에서 가을로
계절의 흐름 따라
다시 주어진 절박한 순간

애써 태연한 척
불안한 시선은 창밖에 두고
떨리는 심장을
두 귀에 고정시켰다

"참 기적의 약이다."

혼잣말처럼 나지막이
그러나
아주 또렷하게 들려왔다

그저 감사하다는 말밖에
더는 할 말을 잇지 못했다

오직 믿음만이
최선의 선택이었고
기적 같은 희망이 되어 주었다

7월의 소망

한여름 정점으로 달리는
흐린 계절 위로
상흔의 그림자가
선명한 포물선을 그린다

나를 송두리째 던져서라도
구원하고 싶었던 시간

남은 희망을 쪼개서라도
단숨에 끊어내고 싶다

7월의 자작나무 숲
그 한가운데 서서
허기진 행복 한 줌 움켜잡고

무뎌진 심장 안에 갇힌
옹이진 이야기라도
살갑게 풀어내고

부디!
더는 아픔 없는 맑은 계절을
간절히 만나고 싶다

제목 : 7월의 소망
시낭송 : 박순애
스마트폰으로 QR 코드를 스캔하면
시낭송을 감상할 수 있습니다.

7월의 비

그곳은
재앙으로 떨어지고
이곳은
생명수로 내린다

기다림도 지쳐
신물이 날 때쯤이면
반가움보다는
원망이 먼저 앞선다

절망이 짙어갈 때는
설움부터 북받쳐 오르고
분명한 희망을 보았을 때는
미소부터 안겨든다

지금, 내 가슴속에는
신의 선물 같은 비가
7월의 소망으로 내린다

소통

조금 어설프면 어때요
진솔함이 깃든
부드러운 배려 하나면 그만이지요

무심함도 길어지면
낯선 어색함이
먼저 고개를 들지요

차라리 가벼운 인연이라면
굳이 애쓰지 않아도 되겠지요

행여 소원해질까 저어되는 마음
감추지 않겠어요

기억 덩이

여덟 살이 되던 그해
여름 끝 무렵 아침나절이었다

할머니와 막내 고모는
텃밭 모퉁이에 무성하게 자란
부추를 낫으로 베어내고 있었고

두 살 터울 남동생과 나는
다리 한쪽이 삐걱거리는
네모난 낡은 의자 옆에 쪼그리고 앉아
소꿉놀이에 열중하고 있었다

증조할머니가 한 손에 요강을 들고
지팡이에 몸을 의지한 채
굽은 등을 겨우 곧추세우고
그 의자에 앉는 순간,
마른하늘에서 날벼락이 내리치듯
순식간에 낭떠러지로 굴러떨어졌다

그 처참했던 날의 기억 덩이는
무수한 시간 속에서도 삭여지지 않고
묵은 체증처럼 명치끝에 걸려있었다

그 누구의 잘못도 아닌
얄궂은 운명의 덫이었다는 걸
생의 절반을 훌쩍 넘어서고 나서야
그 죄책감의 사슬을 풀어놓는다

양면성

한밤중
설익은 잠결에
누군가가 함부로 던진
부끄러운 쓰레기를
다급하게 치워냈다

배려의 결핍은
오래 묵힌 두툼한 정에도
소통의 단절을 불러온다

선한 미소 뒤에
들추어진 모진 가시는
굳은살에도 깊이 박힌다

곡선은 직선보다 부드러워
더 마음이 끌리지만
서로 조화를 이룰 때
비로소 온전한 아름다움이다

천천히 에둘러 가는 길은
조금은 여유롭고 편하겠지만
기회를 먼저 잡을 수 있는 건
빠른 지름길이다

능소화 사랑

붉게 익어 피어나
차고 넘치는 사랑
단 한 번의 의심도 없이

짓물러 터진 상처
푸른 정원 속에 감추고도
늘 함박웃음으로 대신했지요

소리 없는 메아리
되짚어 보고
도리질해 보아도
놓을 수 없는 애련

온종일 태운 열기
밤마다 뜨거운 입김으로
쉼 없이 토해내어도

절절한 기다림
소리 없는 절규

그대 가슴 위로 떨어지는
아픈 눈물을 봅니다

나팔꽃 사랑

반나절 잠깐
짧은 사랑이라고
비웃지 마세요

늘 그 자리에서
피고 지는
당신 바라기랍니다

칠흑 같은 어둠의 벽을
떠도는 바람처럼 할퀴다가

새벽 여명보다 먼저
아침을 깨우고

피멍 든 손끝으로 그려낸
애절한 사연

질긴 믿음의 줄기로
단단하게 지켜내는
고결한 사랑입니다

2월의 고백

선명한 빛깔을 원하지만
겨울도 봄도 아닌 것이
혼란스러운 모습이다

꽉 찬 완벽함은
머지않아 싫증이 나지만
비어 있는 곳은
채우고 싶은 갈증이 있다

사랑하는 마음이 더할수록
조금은 남겨두는 여유를 갖자

진실은 주머니 속의 송곳처럼
언젠가는 밖으로 드러나듯이
애써 목소리 높이지 않아도
미덕일 때가 있다

돋보이지 않아도
꼭 필요한 자리에 알맞은 너라서
더 사랑스럽다

제목 : 2월의 고백
시낭송 : 박순애
스마트폰으로 QR 코드를 스캔하면
시낭송을 감상할 수 있습니다.

사랑하는 딸에게

가을이 무르익어가는 청명한 하늘 아래
둘이서 하나가 되는 굳은 약속의 날,
신의 축복이 내리는 귀한 인연 앞에서
이토록 가슴 벅찬 기쁨을 맞이하였구나!

너는, 화사한 봄꽃으로 피어난
내 생애 최고의 선물이었고
한겨울 아침 햇살 같은
따뜻한 희망이 되어 주었지

이제, 세상에서 가장 아름다운 여인으로
영원한 동반자와 넉넉한 가슴으로
가을 단풍보다 더 곱게 꽃물을 들이고
한 올 한 올 믿음으로 수놓으며
소중한 보금자리를 알뜰하게 엮어가는구나

암울한 세상을 사는 이들에게
한 줄기 빛이 되고자
고귀한 사명감이 자랑스러운
사랑 많은 내 아이야

너의 앞날에
이 가을날 알차고 풍성한 열매처럼
행복이 주렁주렁 열리길 기도한다

커피 같은 사랑

행복은
우리 마음 안에 있고
따뜻한 커피 한 잔에도 담겨 있다

너는 아메리카노
나는 카페라테

쓴맛과 달콤함의 어우러짐

그 마력에 빠져드는 순간
스르르 녹아 중독되고 만다

우리 사랑도 그러하다

아름다운 기약

서쪽 하늘이
붉게 물드는 것은
내일의 맑은 하늘을
기약하는 것이다

정해진 귀가를 위해
그날의 아쉬운 이별이
서럽지 않았던 까닭도
다음을 기약할 수 있었기에

포말로 부서지던
그날의 파도소리는
가슴 안에서 입덧을 하고

다가서는 새봄은
아무런 조건 없이도
가을의
아름다운 열매를 기약한다

그리움

동틀 무렵이면
식어버린 구들장
두툼한 목화솜 이불 속
온기마저 사라지고

꽃잎처럼 가녀린 아이
앞마당 양지바른 쪽에
웅크리고 앉아
간절히 기다리던 아침 햇살

따뜻한 엄마의 품속처럼
절박한 바람이었다

바람이 꿈을 꾼다

구름아
파아란 가을하늘이 있어
참 아름답구나!

서로 애틋해도
내색하지 못하는
어쩔 수 없는 풍경

잡을 수 없는 너
닿을 수 없는 나

눈이 시리도록
그저 바라만 본다

붉은 잎새 위에 새긴
너의 이야기가 아파

스쳐 지나가는 바람의
꿈일지라도 네 곁에
머물고 싶은 간절함

어둠이 밀려와
하늘을 뒤덮어도
저만치서
찬 겨울의 맑은 아침은
희망의 햇살을 피운다

사랑하는 너에게

보기에도 아까운데
힘든 네 모습이 눈 안에
안타깝게 들어온다

온밤을 하얗게 덧칠하면서
힘들게 준비하고 있었다는 거
다 보고 있었어

도와줄 길을 찾지 못해
눈시울만 몰래 적셨단다

햇살은 저리도 눈이 부신데
너의 마음 안에 고인
실망의 눈물
가슴이 찢기는 듯 아팠다

때로는
수없는 시행착오와
좌절의 늪에서
나만의 꽃을 피우기 위한 진통을
힘겹게 견디어 내야 한다는 것을
여태 알려주지 못했구나

사랑하는 내 분신
언제나 희망이 널 지켜줄 테니
너무 길게 아파하지 않길 바란다

오늘은 참 이상한 날이다

오늘은 참 이상한 날이다

많은 사람들을 만나고 난 뒤
마음은 실타래처럼 엉켜있다

작아진 내 안의 나
익숙한 공간도 어둠 속에선
문득 낯설게 다가온다

엄마의 따뜻한 목소리에
울컥 눈물이 솟구친다

내 속에 담겨 있는 소중한 것을
저만치 밀쳐두고 있었구나

닮아간다는 것은
이미 운명의 덫에 걸린 것일까

익숙해 보이는 길이 저만치서
손짓하지만, 또 다른 나의 길
그 출발점에 지금 서 있다

낙엽의 길

파아란 하늘 끝에
아스라이 걸린 내 마음
스산한 바람이 스치며
생채기를 낸다

절박한 이별이어도
영원한 끝은 아니다
새로운 희망을
잉태하기 위한 고통일 뿐

초록 이파리의 붉은 입맞춤은
또 다른 만남을 위한
화려한 작별이다

하얀 그리움

차가움이 깊어가는
계절 안에 맞닿은
너와 나
따뜻함이 애타게 그리워

향기가 짙을수록
끊임없는 아름다움을
창조해 내는가 보다

음악처럼 아름다운
언어들이 마술을 부리듯
전부가 되어버린 시간

미련하리만큼
깊어가는 그리움은
저 홀로
가슴속을 헤집어 놓고

시리도록 하얀 세상
그리움만 깊어 가네

봄꽃으로 피어나다

이슬 세 방울을 머금고
봄꽃이 청아하게 피어났다

간절한 그리움
애틋한 설렘
뜨거운 열정으로

따뜻하게 배려하는 마음
소중하게 아끼는 마음
탐스럽게 보듬은 마음

스물여섯 방울 기다림의 눈물
머리와 가슴이 맞닿은 날

혈관을 타고
세포를 열어
정수리에서 발끝으로 적시며

봄꽃으로 활짝 피어났다

초라한 비애

지나친 염려가
온전히 아물지 못했던
상처를 덧내고
배려가 결핍된 상황은
마주하는 시간마저도
단절을 불러오고야 만다

오랜 세월 망부석처럼 굳어진
상흔의 그림자는
어둠 속에서도 우리의 삶을
묵묵히 응시하고 있었다

한 줄기 시린 바람에도
마른 낙엽처럼 부서져 내리는
나약한 속내를 주섬주섬 쓸어안고
속울음으로 지켜볼 수밖에 없는
계절에 와있음을 절감한다

사랑이라는 울타리 안에서
그 어떤 말도
용서되고 이해될 것이라는
당연한 믿음은
초라한 비애일 뿐이다

우리는 알고 있다

먼동이 틀 무렵에야
겨우 잠들 수 있었다

의심 많은 세상
유리알처럼 투명해지고 싶어
답답한 내 마음

환한 햇살에도 드러나지 않고
은은한 달빛에도 비칠 수 없어
서러운 내 마음

내가 나를 지켜내야 할
계절에 와 있음도
세상에 온전한 믿음은
이미 존재하지 않음도
잘 알고 있다

지금 시작하지 않으면
되돌릴 수 없다는 것도
그것이 어떤 의미인지를
굳이 말하지 않아도
우리는 알고 있다

봄, 너는

봄, 너는
멀리 있었지만
늘 내 안에 가까이 닿아 있었다

낯선 바람이 내 곁을 스치기만 해도
혹여 향기라도 잃을까
불안한 노파심으로 심한 흉통을 앓고

조금만 무심해도 조바심으로 애태우며
토라진 눈 흘김으로 침묵했다

꽃은 필 때도 아프고
질 때는 더 많이 아프다고
세상에 아픔 없는 생명은 없다더라

그리운 봄, 너를 만나러
나는 날마다 맨발로 꿈길을 달렸다

이제, 매화보다 더 붉게 익어 터진 가슴
숨이 멎도록 깊고 긴 포옹으로 맞으리라

그리움이란 이름

무심한 세월은
내 애틋한 그리움과 상관없이
언제나 평면으로 달리고

정해진 시간 속에
내 마음 안에는 너의 모습만이
언제나 선명한 빛깔이었다

한가지만의 빛깔을
고집스레 사랑하는 길이
진정 아름다운 삶이라고

그리움이란 이름으로
날마다 너에게 나를 보낸다

이정표 없는
생의 목마른 길목에서
기다림의 미학을 먼저 배워야 했던

그리움이란 이름

추억은

책장을 넘기며
빗소리를 듣는다

너의 손을 꼭 잡고
걸어가던 그 길

추억은
내 가슴 안에
발아되어 꽃을 피우고

너는
추억 속에 머물러
세월을 붙들고 있다

침묵의 계절

우리의 오랜 침묵은
차가운 이별을 예고하지만

그대 없이도
꽃은 향기로 말하고
계절마다 바람은 불어온다

나에게로
화사한 봄꽃으로 피어
뜨거운 여름을 푸르게 노래하고

붉은 가을날엔
초록낙엽 한 장 떨구더니

나목처럼 훌훌 옷을 벗어 놓고
겨울 속으로 홀연히 떠나갔다

그 후로
나는 계절을 잊고 살았네

봄비가 소리 없이 내린다

며칠 먹구름이 모진 입덧을 하고
봄비가 소리 없이 내린다
내 안에서도 흘러내린다

이 비 그치고 나면
더는 애태우지 않아도 봄은 환한 얼굴로
내 품속으로 안겨 올 것이다

사랑도 그리움도 외로움도
서로 공존하면서 보듬어 가는 거라고
날마다 밝은 태양만으로 살아갈 수는 없음을

소리 없이 내리는 봄비처럼
우리의 열린 가슴에도
무언의 대화가 필요할 때가 있다

멀리 있어 볼 수 없을 땐
가슴 속을 열어 마음으로 보면 된다

가슴을 닫고 눈으로만 보려고 하면
내면의 진실은 보지 못한 채
섭섭한 마음만 눈덩이처럼 커질 수 있다

이 비 그치고 나면
먹구름 사이로 너의 환한 미소가
내 품속으로 곱게 안겨 올 것이다

오월의 향기

완행열차는
해묵은 추억을 토해내고

양귀비의 붉은 입맞춤에
그대 품속 같은 보드라운 햇살은
길섶에 똬리를 틀고

돌담 사이로 흐르는
피아노 선율은 환청인 듯
연분홍빛 장미의 춤사위
실바람도 취해
오월을 휘감아 돈다

아카시아 푸른 향기는
말간 그리움을
수줍게 실어 나르고

오월의 향기에
그대의 향기에
가슴으로 취하는 날

엄마표 쑥떡은
내 속에서
그리움을 잉태하고 있었다

제목 : 오월의 향기
시낭송 : 박순애
스마트폰으로 QR 코드를 스캔하면
시낭송을 감상할 수 있습니다.

70

아직은 아니야

환한 햇살을 여전히
시리도록 사랑하지만

싱그러운 꽃바람이
음악으로 불어오는 날이면
어느덧 가을빛에 취하고 만다

이미 검게 타버린 이야기는
건조한 여백만을 만드는데

그대가 보내온 연분홍빛 사연에
귀 기울이는 날이면
꿈을 꾸듯 혼돈 속에 깊이 빠져든다

흐르는 물살에 비친
그대 고운 미소에
가슴 언저리가 먼저 시려오고

멀리서 불어오는 꽃바람이
깊이 잠든 내 영혼을 흔들어 깨우지만
아직은 아니야 아니야
나의 가을은

우리가 꿈꾸는 계절

다가서는 계절은
새로운 시작은 아니다
우리에겐 이미
익숙해져 있을 테니까

바람 부는 대로
흔들거리며 가는 걸음도
소중한 우리 삶의 향기다

가을을 품은 여름처럼
우리의 모습도 서로 닮아
낯설지가 않다

행복을 위한 명제 아래
더욱 깊어진 언어의 춤사위로
타는 목마름을 적셔줄 수 있는
풍성한 가슴이라면

우리가 꿈꾸는 계절은
서로에게 알찬 열매를
영글게 해줄 테니까

제목 : 우리가 꿈꾸는 계절
시낭송 : 박태임

스마트폰으로 QR 코드를 스캔하면
시낭송을 감상할 수 있습니다.

너무 가까이 닿으면 아프다

초췌해진 얼굴에
흐르는 이슬방울이
가슴을 타고 흘러들어 왔다

아둔한 세 치 혀는
질투의 뜨거운 가시로
또다시 생채기를 내고

내가 아프다고 소리치면
나보다 더 크게 비명을 질렀다

그대가 아파하면
내 가슴은 헐어서 진물이 나고

채워질 수 없는 빈 가슴에는
젖을 수도 없는 겨울비가 내린다

멀어지면 안타깝고
너무 가까이 닿으면 아프다

사랑 그리움 자연

똑같다는 말이 싫어서
독주를 들이붓고 헛구역질을 했다
취기가 가시지 않아
깊은 수렁 속으로 미끄러졌다

가슴안에 품은
사랑 그리움 자연
혹독한 진통으로 다른 날에 낳은
내 피 같은 분신인데

다 똑같단다

쌍둥이도 그 속내는 다르다
남의 자식이라고
가벼이 여기지 마라

우리가 서로 다름을 인정할 때
참된 조화를 이룰 수 있다

정직하게 낳은 내 자식
겉모습으로 쉽게 판단하지 말 것이며
검증되지 않은 허술한 잣대로
섣불리 재려 들지 마라

사랑 그리움 자연
그것이 우리 삶의 근원이지 않은가?

그리움의 비

머리와 가슴이 가까워지면
그리움의 비가 내린다

먼 숲 어디쯤에서부터 젖어
이제야 왔을까

긴 기다림에 타는 목마름은
스스로 깊은 강물을 만들고

소심해진 마음은
달이 찰 때마다 물빛으로 흐른다

갈라 터진 가슴팍은
다 젖지도 못한 채
흘러가 버린 아쉬움이 되고

마른 풀잎으로 드러누운
그리움의 촉수들을
눈물 빛깔로 적신다

말해주고 싶었어

네가 힘들어하는 모습
가슴 안으로 아프게 쓸어안는다

게슴츠레 뜬 눈으로
들어오는 아침 햇살 사이로
안타까운 네 모습에
눈을 뗄 수가 없었다

할 말은 많은데
정작 해야 할 말은 찾지 못해
서성거리던 날

말은 아껴야 무게가 있고
몸은 고단해야 가벼이 아침을
맞이할 수 있음이겠지

있어야 할 자리에
있어 준다는 것만으로도
충분히 행복하다고

말해주고 싶었어

비가 내린다

창밖에 비가 내린다

삭막한 도시의 어둠을 깨우듯
타닥타닥
메마른 대지를 두드리며
힘차게 비가 내린다

성난 태양의 격정을 잠재우고
우리의 타는 목마름도 적셔주는
간절한 비가 내린다

지금은 세상의 모든 것이 젖어야 할 때
우리도 함께 젖어야 한다

늘 그래 왔던 것처럼
흠뻑 젖은 옷은 바람에 걸어 두고
가을을 맞이할 준비를 해야 한다

가을에는
너무 젖지도
너무 메마르지도 않은
촉촉한 가슴이어야 한다

지금 창밖에는
가을을 부르는 비가 내린다

가을에는

가을에는
더는 아프지 말아요

쌓이고 맺힌 사연
침묵할수록
딱딱하게 굳어진 가슴

뜨거운 여름 내내
곪아 터진 상처
꽁꽁 싸매느라
얼마나 힘겨웠을까요

목이 터지게 외쳤던 아우성
스러져가던 진실의 꽃잎은
초록의 책갈피에 고이 접어두고

가을에는
단풍잎처럼
예쁘게 물들었으면 좋겠어요

커피 한 잔에

창문 틈새로 스며드는
아침 바람의 시린 몸짓이
따뜻한 커피 한 잔에
사르르 녹아내립니다

그대 쓸쓸한 바람이
가슴을 후비고 지나갈 때도
부드러운 커피 한 잔에
허전함을 메워 봅니다

언제부터인가
폐부 깊숙이 파고드는
침울한 기운이
그대를 저만치
떨어트려 놓았나 봅니다

오늘같이
먹구름이 짙어가는 날에는
향기로운 커피 한 잔에
말간 그리움으로 가득 채웁니다

사랑으로 가는 길

지구상에도 존재하지 않는
사차원의 세상 속으로
빨려들 듯
줄기차게 달리던 마음은
심한 열병을 앓고

지나친 집착은
사랑의 변종처럼 자신을
옭아매기도 하지만
사랑만으로 살아내야 했던
그런 날들이 있었다

사랑으로 가는 길은
나를 온전히 버리고서야
비로소 갈 수 있음을

가을 엽서

가을이 왔습니다

가슴안에 더는
파랑새는 날아들지 않지만
맑은 피아노 선율은
여전히 심금을 울립니다

텃밭에 뿌려둔 씨앗들은
향기로운 열매를 맺으며
알차게 여물어 가고,
저물녘 창가에
가을은 점점 깊어가겠지요

애당초 어긋난 인연 앞에
길게 드리워진 침묵의 강물 위로
가을 엽서 한 장 띄워 보냅니다

그곳에도 가을이 무르익으면
지나가는 갈바람에
예쁜 단풍 소식 전해 오겠지요

여름

할머니가 먼 길 떠나시고
어미 잃은 물고기 마냥
입술이 새파랗게 질리도록
냇가에서 멱을 감았다

해거름 무렵이면
집으로 돌아가는 또래들을
물끄러미 바라보며
목구멍까지 차오르는 두려움을
기이며 꾸역꾸역 삼키는데
사각거리는 대숲 소리에도
으스스 소름이 돋았다

시커먼 바다 위로
달빛이 하얗게 내려앉은 밤이면
너럭바위에 모여든 사람들은
다붓다붓 살갑게 노닥거리고
덤불 사이로 흘러내리는
별똥별도 하얗게 웃었다

깊어가는 여름밤
할머니의 얼굴이 보름달처럼
오롯한 그리움으로 떠오른다

기이다 : 드러나지 않도록 숨기다.

겨울 창가에

앙상한 나뭇가지 너머로
말간 햇살은 피어나는데
어디선가 날아든
지난가을의 붉은 낙엽 한 장
창가를 빙빙 맴돌다가
찬바람 속으로 홀연히 사라졌다

붉게 익어가는 저녁노을은
너의 얼굴처럼 곱기만 한데
가슴 안에도 머물지 못하고
손안에도 잡히지 않는
내 안에 너는
여전히 부재중이다

어둠이 짙게 드리워진
차디찬 겨울 창가에
숨죽인 너의 얼굴은
창백한 그림자로 어른거리는데

겨울 아침 창가에 피어난 햇살처럼
따뜻한 너의 이야기가 그립다

추억의 길

떠나온 시간들이
가슴안에서 물그림자처럼
잔잔하게 일렁거린다

나의 빛깔이
너의 빛깔에 물들어
짙어갈 즈음에

가을이 떠나고
또다시 가을이 찾아오고

안개비 소리 없이 너의
어깨너머로 뿌옇게 흘러내리고

배려 깊은 그 속내
안타까워 속울음 삼키며
가슴 졸여야 했던

아픔으로 더욱 깊어진 삶
추억의 바람이
음악으로 불어온다

세상에서 가장 예쁜 꽃

어둑어둑 이른 새벽
아주 특별한 사람과 나란히
미리 정해진 곳으로
겨울 여행을 떠났다

그녀가 고집스럽게 앞만 보고
꿈을 갈고 닦은 것처럼
짙은 어둠의 시간도
뿌옇게 덮인 안개 숲도
매끈하게 빠져나와
환하게 뚫린
고속도로를 힘차게 달렸다

찬란하게 빛나는
결실의 꿈을 품에 안은
그녀의 미소는
세상에서 가장 예쁜 꽃이었다

자신 스스로 선택한 길이
우리 삶의 진리임을
온몸으로 깨닫게 해주었다

소중한 선물

동틀 무렵부터 미리 울고 있던 너
저민 가슴으로 엿보고 있었지

재깍재깍 시곗바늘 요란한 소리
오전 9시로 떠밀려 가던 날,
미완의 삶을 완성해 가는
당당한 결실이 아침 햇살처럼 빛났다

수고의 땀방울이 송골송골
봄꽃같이 예쁜 미소로 쑥 내민 하얀 봉투
"엄마 사랑해요"
울컥, 뜨거운 눈물이 치솟는다

우리 딸 파이팅!

그런 사람 있어요

오늘같이
칼바람이 불어오는 날
곁에 있기만 해도
마음이 따뜻해지는
그런 사람 있어요

하루하루 피땀 흘려
귀한 선물 건네주며
다정한 눈길로 다독여 주는
그런 사람 있어요

가끔은
초라한 밥상이어도
투정 한 번 없이
매일매일 마음으로 먹어주는
그런 사람 있어요

몸이 아플 때는
따스한 손으로 이마 짚어주고
푸근한 품으로 안심시켜주는
그런 사람 있어요

나만 바라봐 주고
지루한 얘기 늘어놓아도
인상 찌푸리지 않고
언제나 내 편
그런 사람 곁에 있어요

상처

늘 내가 아프다고
비명을 질러댔다

보이는 상처보다
보일 수 없는 상처가
더 깊다는 걸

그 상처가 곪아 터져
밖으로 흘러나오고 나서야
알게 되었다

당신 아픈 줄 몰랐다

언제나
나만 아픈 줄 알았다

차가운 겨울비는 내리고

차가운 겨울비를 맞으면
뼛속 깊숙이까지
한기가 스며든다

무심한 너의 흔적은
폐부 깊숙이 파고들어
통증을 일으킨다

추억이 데려다준 거리에는
음악조차 흐르지 않고
황량한 마음 밭에는
차가운 겨울비가 내린다

애당초
기대하지 않았다면
실망해야 할 것도 없겠지만

비우고 덜어내어도
다시 샘솟는
너를 향한 그리움
차가운 겨울비에 젖는다

우리 사이에는

마음이 아무리 달려도
우리 사이에는
더 다가설 수 없는 거리가 있습니다

굳이 선을 긋지 않아도
애써 달빛 자르기를 하지 않아도
우리 사이에는
선명하게 정해진 길이 있습니다

찬 겨울 세찬 바람이 불어와
우리 사이가 꽁꽁 얼어붙는다 해도
더는 애태울 것도 없습니다

어차피
새봄이 오면
저절로 녹아내릴 테니까요

이미 주어진 간격
더 멀어질 것도
더 가까워질 것도 없습니다

지금 와 있는 여기까지가
우리 사이의 거리입니다

그런 날이 있었습니다

따사로운 햇살의 눈빛이
창가에 오래도록 머물고

푸른 숲 길가에
아카시아 향기가 대롱대롱

파아란 하늘빛 속에
붉게 물들어 가던 잎새들

환한 햇살이 무색하리만큼
시리도록 바라보던
젖은 눈빛

달빛이 숨죽여 엿보던
수줍은 입맞춤

어두운 밤도 하얗게 끌어안고
뼛속까지 저미도록 애를 태웠던

아파야만 성숙해지고
울어야만 자랄 수 있었던

그런 날이 있었습니다

모란의 꿈

햇살 고운 봄날
대로변에 하늘하늘
우아한 몸짓
봄바람에 일렁이는
붉게 익은 꽃잎이 탐스럽다

아버지가 좋아하셨던
애달픈 꽃
유년의 뜨락에 피어있던
그 모습이 반갑다

종갓집 맏이로 본가를 떠나
삭막한 도시의 일상 속에
부귀도 영화도
부질없는 꿈이었음을

툭 툭, 떨어져 버린
모란의 슬픈 꿈처럼
아버지의 소박한 꿈도
정년을 다 채우기도 전에
낙엽 따라 허망하게 떠나갔다

아름다운 저항

봄은 온전한 제 빛깔을 찾으려고
눈물비와 한숨의 바람으로
몸부림치며 아파하고

나는 내 빛깔을 잃지 않으려고
초라함을 애써 감추며
숨죽여 울어야 했다

사랑을 잃어
시리도록 차가운 계절 안에 갇혀
날개마저 부러진
가여운 젊은 날의 초상화

따뜻한 가슴이
또 다른 빛깔의 운명 같은
사랑이라고 믿어 의심치 않았던

굳이 애태우지 않아도
새봄은 찾아오고
인연의 강물은 흘러간다

한 걸음 한 걸음 더해온 길
천천히 오래도록 함께하고 싶은 소망이다

봄비가 내린다

토닥토닥
창문을 두드리는
빗방울 떨어지는 소리

뚝 뚝
심장을 두드리는
그리움 떨어지는 소리

간절한 기다림으로
흘리는 눈물 같은
봄비가 내린다

내 안에 홀로 갇힌
묵은 그리움도
사르르 녹아내린다

첼로 연주곡이 흐르던
그날의 흐린 기억 속에도
봄비가 내린다

지난여름

거대한 찜통 속 열대야
불덩이 같은 몸으로
침대 난간 끝에
돌아앉은 모습이 안쓰럽다

두 손으로 얼굴을 감싸며
쿨럭쿨럭
불안한 숨을 몰아쉰다

불행은 언제나
예고 없이 들이닥치고
삶을 송두리째 흔든다

법 없이도 살 사람
그 고통의 몫이
오롯이 내 탓인 양

내 삶에,
가을이 있었다는 것조차도
까맣게 잊고 있었다

가을비

바람도 무심히 지나간
도시의 메마른 정적 위로
가을비가 차분히 내려앉는다

젖지 않는 마음은
닿을 수 없는 그리움처럼
갈증만 더해가고

먼 시선 속으로
가을은 시나브로 익어가는데

한순간의 기쁨을 위한
그토록 오랜 인내였나 보다

숨쉬기조차 버거웠던
깊은 수렁 속 같은
삶의 아픈 편린들

이 가을비에
고스란히 흘려보내리라

제목 : 가을비
시낭송 : 박영애

스마트폰으로 QR 코드를 스캔하면
시낭송을 감상할 수 있습니다.

가을 속내

이별이라는 붉은색
선명한 낙인을 찍고
가을이 가까이 다가선다

그랬다,
둘이어도 혼자였고
가까워질수록 멀리 있었다

짧은 만큼
더 깊어지는 절정

가을의 속내가
아궁이 속 갈잎처럼
활활 타들어 가고 있다

들꽃의 기다림

소박한 진실로
외로운 들길에 홀로 기다림이
내 삶의 전부입니다

붉어진 얼굴 들킬세라
수줍게 고개 숙인 마음
그대, 아시는지요

스쳐 가는 미풍에도
파르르 떨리는 가냘픈 몸,
빗물에 온몸이 뿌리째 잠겨도
타는 목마름은 어쩔 수 없어요

햇살 곱게 비추는 날은
눈물로 젖은 마음 살포시 열어
그대를 기다립니다

한 계절의 짧은 생일지라도
그대를 그리워하는 일
결코, 멈추지 않으렵니다

있는 그대로

파란 가을 하늘도
붉게 물든 가을 숲도
우리 마음 안에 들어 있다

사랑하지 않아도
보고 싶지 않아도
만나지는 얼굴들이 있다

모두 다 사랑할 수 없다고
자책하지 말자

봄을 그리워한다고
겨울이 비켜 서주지는 않는다

있는 그대로
강물처럼 흘러가자

어떤 모정

가을 하늘 아래 햇살은
저리도 곱기만 한데

스산한 찬바람에 맥없이
떨어지는 나뭇잎처럼
그 아이의 가녀린 숨소리도
엄마 품을 떠나
공허한 메아리로 흩어져갔다

차마 떼어내지 못하고
긴 한숨의 세월
뼈를 깎고 살갗이 찢어지는
처절한 절규

빈껍데기만 남은 채로
등나무처럼 굽어 뒤틀린
모정의 삶이 안타깝다

부디 아픔 없는 천국에서
편히 잠들 수 있기를,
그녀의 한 맺힌 응어리도
이 가을의 뒤안길로
허물어져 녹아내리기를
간절히 기도한다

가을이 지고 있다

가을 숲에서
스산한 바람이 불어온다
휑한 거리에는
이리저리 낙엽이 나뒹굴고
어수선한 세상 이야기는
여기저기 난무하는데

가을이
소리 없이 지고 있다

지독한 가을 앓이도
잠 못 드는 밤의 설움도
한 올의 미련도 남기지 말자

우리에겐
긴 겨울의 품속에서
새봄을 잉태해야 하는
주어진 임무가 있다

이렇게 또
가을이 소리 없이 지고 있다

나목

축제는 막을 내리고
거리엔
쓸쓸한 바람이 분다

화려했던 무의는
허물을 벗어내듯
미련 없이 떨구어내고

쓰라린 상처가
옹이처럼 무뎌지도록
맨몸으로 찬바람에
맞서야 하는 긴 노정

비워내야 하는 것은
다시 채우기 위한
시린 몸부림

텅 빈 가지 끝에
먼 그리움 하나
아스라이 걸려 있네

다시, 희망

희뿌연 창밖으로
겨울비가 서늘하게 내린다

따뜻한 봄은 아직도 멀고
살얼음 강을 건너가듯
불안한 한숨을 몰아쉰다

불투명한 회색빛 하늘 너머로
먼 햇살을 기다리는
눈빛이 애처롭다

이 차가운 계절 속에서
그대를 위한 최선은

그 안에서 깊어지는
절망을 송두리째 뽑아
모질게 다가선
운명 앞에 내던지고

다시,
희망의 씨앗을 심는 일이다

제목 : 다시, 희망
시낭송 : 박순애
스마트폰으로 QR 코드를 스캔하면
시낭송을 감상할 수 있습니다.

동백꽃 사랑

그대 사랑하는 일이
속절없는 기다림인 줄 알지요

가을이 머물다 간
쓸쓸한 바닷가
따뜻함이 간절해서
뜨거운 핏빛으로 피었습니다

찬 서리에 살갗이 터지고
매서운 칼바람에 뼈가 깎여도

가늘어진 목이 부러져
차가운 바닥으로
추락하는 절망일지라도

그대 오시는 그 날까지
더 붉게 피어나겠습니다

제목 : 동백꽃 사랑
시낭송 : 김락호
스마트폰으로 QR 코드를 스캔하면
시낭송을 감상할 수 있습니다.

겨울비가 내린다

검은 하늘에서
추적추적
몸서리치도록 서럽게
겨울비가 내린다

영정사진 속
꽃같이 고운 모습
가엾어서 어이할꼬

서른여섯
못다 한 짧은 생애
애달프다

이 겨울비가 그치고 나면
머지않아 새봄이 올 텐데
그 아픔 다 녹여줄 텐데

조금만 더 참지
조금만 더 기다리지

고향에는

오래 묵은
정자나무 그늘에는
순박한 사람들의
정겨운 이야기가 있다

곡식이 여물어 가는
넓은 들녘에는
노을빛에 곱게 물들어 가던
수줍은 풋사랑이 있다

밥 짓는 냄새가
굴뚝 연기를 타고
동네 한 바퀴를 돌면
마음 넉넉한 이웃들의
따뜻한 정이 흐른다

변명

봄은 온 것도 같은데
불안한 내 마음도
어제와 오늘이 다르다

한발 앞서가는 이들의
옷자락 끝을 붙잡고
헛디딘 발자국이 선명하다

그곳을 떠나온 후에야
구석진 자리에 웅크린
부끄러운 내 모습을 본다

조금 늦은 걸음이라고
아무도 탓하지 않는데

그 어떤 명목도
구차한 변명일 뿐이다

눈물

눈물은, 때론
말보다 더 큰 매개체
침묵보다 더 강한
항변이 되기도 한다

동그란 마음이고 싶은데
네모난 마음이 가끔
내 안에 나를 가둔다

자신의 치부를 드러내는 것 같아
부끄러움이 먼저 고개를 드는 건

익숙하지 못한 탓이라고
스스로 위로해 본다

라일락꽃

깊고 푸른 입맞춤으로
짙은 향기 머금고
오월의 뜨락에 피어

백옥같이 하얀 춤사위는
첫사랑 같은
순결한 고백이었고

추락하는 슬픔으로
혼신을 다한 절규는
못다 한 사랑의
놓을 수 없는 미련이었네

아름다운 동행

글을 쓴다는 것은
스스로 나신이 되는 것이다

흐르는 선율을 타고
춤을 추듯
꿈을 꾸듯
가슴속 언어들의 날갯짓

스산한 비바람이 몰아치고
처마 끝에 고드름이
차갑게 열리는 날에도

보이지 않는 이름마저
가슴 안에 품고

자연스러운 교감으로
영혼을 가꾸어 가는
아름다운 동행

치명적 실수

가슴 밑바닥에 껌딱지처럼
달라붙어 있던 기억 덩이가
목울대를 오르내린다

고의는 아니었다 해도
어쩌다 저지른 치명적 결례

소중한 인연의 가지에
골 깊은 상처를 입히기도 한다

양심을 속인 것도 아닌데
돌이킬 수 없는 오점을 남긴다

마음

귀로 들리는 것이
전부가 아니다
촉으로도 느껴야만
더 깊이 와 닿는다

단 한 번 포옹으로도
묵은 앙금 다 녹아내리고
연민의 정마저 앗아갔던
골 깊은 상처도 말갛게 지운다

비로소 내 마음 안에
네 마음을 담는다

애상(哀傷)

각자 시린 꽃봉오리를
젖은 가슴 위에 달고
동행이라는 이름으로
긴 세월 하루같이
곁을 지켜준 질곡의 삶

고목에 다시 싹을 틔우듯
식어가는 숨결에
더운 입김을 불어 넣고
고통의 깊이만큼 더해지는
애틋한 연민의 정

사랑하는 이의 상실은
영원히 가슴속에 묻히는
단단한 슬픔이다

어느 봄날의 행복

춘풍인 줄만 알았던
사월의 바람은
차가운 입김을 연신 뿜어대고 낡아져 가던 꽃잎은
온기 가득 담은 수다로
풋풋하게 생기가 돌고

흩날리는 벚꽃 길을 걸으면서도
봄을 캐는 어여쁜 손길에서도
찰칵찰칵
세련된 솜씨에
추억은 알뜰히 찍히고

따뜻한 찻잔 속에
향기로운 시어를 엮으며
넉넉한 미소가 마음에서
마음으로 번져오던 날

취하고 싶은 날이 있다

습한 기후 탓인지
내 속은 연일 불야성이다

맥주는 단 한 잔에도
배앓이를 하는데
소주 몇 잔쯤은 끄떡없더라

사람도 서로 자연스럽게
잘 어우러지는 성향들이 있다

적당히 취하는 것은
삶의 여유가 배인
부드러운 몸짓일 것이다

술처럼 사람의 향기에도
더러 취하고 싶은 날이 있다

삶은 흐른다

겨울에서 봄으로
흘러가듯
삶은 흐른다

울음소리조차 삼켜버린
참담한 현실에 직면해도

비켜 갈 수조차 없는
운명의 덫에 옥죄여도

절망에서 희망으로
이별에서 만남으로

그렇게
우리의 삶은 흐른다

진달래꽃 연정

방울방울
부푼 그리움이 터져
봄바람에 일렁이는
연분홍빛 순정

맑은 날도 흐린 날도
푸르게만 빛나는 당신
잡을 수 없는 꿈처럼
채우려 할수록 허허로운 가슴

홀로라도 꿋꿋할
바람 같은 그대
품안에 안을 수 없고

늘 그 자리에서 피고 지는
당신 바라기
멀고도 가까운 그대 사랑

생일

아, 깜빡했어요
미안해요

해마다 마음의 증표처럼
동그라미를 그려 넣곤 했었는데

무엇에 깊이 빠져 사느라
무심히 지나친 일이
한두 번이 아니었네요

한참을 늦은 결실이지만
인내의 땀방울로 엮어 만든
빛나는 표창장처럼

근사한 선물도
미리 준비되어 있었지요

그러고 보니
우리의 필연적 만남도
생애 최고의 선물이었네요

치자꽃 향기 서러운 날

아버지의 푸른 꿈
뽀얀 속살 터질 듯
치자꽃 향기
서럽게 흩날리던 날

어둑어둑 새벽녘
백지장 같은 할머니 얼굴
피 토하듯
막내 고모 비명에
하늘도 땅도 흔들렸다

도회지 간 엄마 아버지
바람처럼 달려오고

꽃상여가 멀어져간 뒤안길로
시간의 강물은 멈추고
치자꽃 향기만
누렇게 농익어가고 있었다

들꽃의 기다림

소박한 진실로
외로운 들길에 홀로 기다림이
내 삶의 전부입니다

붉어진 얼굴 들킬세라
수줍게 고개 숙인 마음
그대, 아시는지요

스쳐 가는 미풍에도
파르르 떨리는 가냘픈 몸,
빗물에 온몸이 뿌리째 잠겨도
타는 목마름은 어쩔 수 없어요

햇살 곱게 비추는 날은
눈물로 젖은 마음 살포시 열어
그대를 기다립니다

한 계절의 짧은 생일지라도
그대를 그리워하는 일
결코, 멈추지 않으렵니다

봄의 시작

남북 간에 부는 온풍이
얼어붙은 장벽을 녹이고
마주한 염원은
푸른 융단 위로
희망의 꽃대를 밀어 올린다

자리

우리 삶에는
각자 지켜야 할 자리가 존재한다

누군가가 예고 없이 침범한다면
반감이나 배신감 혹은
상실감이 드는 것이 자명하다

서서히 스며들 땐
서로 융화가 되고
자연스럽게 용납이 될 것이다

굳이 자신을 드러내지 않아도
이미 그 자리의 주체인 것이다

그 향기 또한
애써 뿌리지 않아도
널리 퍼져나갈 것이다

서둘지 않아도
누가 알아주지 않아도
억지로 심으려 하지 않아도
뿌리는 사방으로 뻗어 나갈 것이다

적당한 질투는
권태로움을 일깨우기도 하고,
부드러움으로 견고함을 이겨내는 것은
삶의 지혜일 것이다

좋은 자리는
자연스럽게 가꾸어 가는 것이다

추억은

책장을 넘기며
빗소리를 듣는다

너의 손을 꼭 잡고
걸어가던 그 길

추억은
내 가슴 안에
발아되어 꽃을 피우고

너는
추억 속에 머물러
세월을 붙들고 있다

동백섬 연가

하늘 끝에 맞닿은
푸른 바다
은빛 파도가 일렁이며
음표를 달고 너울춤을 춘다

엄동설한 핏빛으로 물들인
동백꽃보다
더 뜨거운 고백으로
알뜰하게 맺은 사랑

용광로같이 타오르는
불볕 속에서도
온 세상을 집어삼킬 듯
거센 폭풍우 앞에서도

철갑을 두르며
지켜낸 곧은 절개

스물여덟 밤낮을 달구며
오가는 이의 가슴 속에
사랑의 정표를 남긴다

인연의 꽃

김희선 시집

초판 1쇄 : 2018년 11월 7일

지 은 이 : 김희선

펴 낸 이 : 김락호

디자인 편집 : 이은희

기 획 : 시사랑음악사랑

인 쇄 : 청룡

연 락 처 : 1899-1341

홈페이지 주소 : www.poemmusic.net

E-Mail : poemarts@hanmail.net

정가 : 10,000원

ISBN : 979-11-6284-072-6